아가랑 시랑 엄마랑

엄마랑 아가랑 사랑

시랑 아가랑

나태주 ◆ 시집

홍성사

세상에서 보기 좋은 모습

세상에서 가장 보기 좋은 모습은 아무래도 젊은 엄마가 어린
아기에게 젖을 먹이는 모습일 것입니다. 그다음은 엄마와 아기가
손을 잡고 길을 걸어가는 모습입니다. 그리고, 그리고, 또 어떤
모습일까요?

아무래도 나는 엄마와 아기가 머리를 맞대고 책을 읽는
모습이라고 말하고 싶습니다. 물론 아기는 아직 글자를 읽을 줄
모르거나 서툴러서 엄마가 대신 읽어주어야겠지요. 그렇지요.
엄마가 책을 읽고 아기는 그 소리를 듣는 모습입니다.

그렇게 엄마가 아기에게 책을 읽어줄 때 우선은 이야기책을
읽어주겠지만 시를 읽어주어도 좋겠습니다. 엄마가 아기에게
시를 읽어주는 일이 뜬금없는 모습이고 어색한 일이라고요?
그건 미리 그렇게 생각하기 때문에 그런 것입니다.

시는 노래가 들어 있고 그림이 들어 있는 글입니다. 엄마와
아기가 시를 읽으면서 노래를 느끼고 그림을 느끼는 일이 얼마나

아름답습니까! 그러는 사이 엄마와 아기는 더욱 친해지고 더욱
좋아하는 사람들이 되고 사랑하고 믿는 사람들이 될 것입니다.

좋은 출판사 홍성사의 박혜란 에디터가 나의 시 가운데서 엄마와
아기가 마주 앉아 읽었으면 좋을 법한 시들을 골라 한 권의 책으로
엮고 또 거기에 김영신 작가의 예쁜 그림까지 얹어주셨군요.
내가 보아도 신선한 편집이고 아름다운 책이군요.

엄마와 아기를 이어주는 마음의 징검다리로서의 시—그 아름다운
세상에 나도 오래 머물며 아기의 마음, 엄마의 마음을 느끼고
싶습니다. 세상의 많은 엄마와 아기들이 이 시집 속으로 놀러와
함께 웃으며 노는 시간을 오래 가졌으면 합니다.

예쁜 책 내어주시는 홍성사 여러분들에게 감사드립니다.

2023년 새봄에 나태주 씁니다.

나태주

1부
너를 처음 만난 날

2부
아가야,
고마워

3부
너의 날들을 위한
기도

4부

아가랑 구름이랑
꽃들이랑

1

너를 처음 만난 날

축하

하늘을 안아주고
땅을 안아주고
그 남은 힘으로
너까지 안아주고 싶다.

조그만 너의 얼굴
너의 모습이
점점 자라서
지구만큼 커질 때 있다

가느다란 너의 웃음
너의 목소리가
점점 커져서
지구를 가득 채울 때 있다

이거야말로 큰일,
사랑이 찾아온 것이다.

오늘부터 나는
너를 위해 기도할 거야
네가 바라고 꿈꾸는 것을
이룰 수 있도록
그날이 올 때까지
기도하는 사람이 될 거야

함께 가자
지치지 말고 가자
먼 길도 가깝게 가자
끝까지 가보자

그 길 끝에서
웃으면서 우리 만나자
악수를 하자
악수하며 하늘을
올려다보자.

돌 지난 딸아이
보드랍고 깨끗한 맨발

그 발로 볼 부비며
느끼고 느끼나니

세상은 그토록
보드랍고 깨끗한 거냐!

네 깨끗함으로
무너지는 하늘을 지켜다오.

하나님은 어떻게 알고
너를 내게 보내주셨을까?

작은 바람에도
두렵게 떨리는 악기

천만리 흘러넘친 비단의
노을 강물

그냥 가슴에 안아본다
거부할 수 없는 세상, 너.

너 많이 예쁘거라
오래오래 웃고 있거라

우선은 너를 위해서
그다음은 나를 위해서
세상을 위해서

너처럼 예쁜 세상
네가 웃고 있는 세상은
얼마나 좋은 세상이겠니!

웃어도 예쁘고
웃지 않아도 예쁘고
눈을 감아도 예쁘다

오늘은 네가 꽃이다.

선물을 주고 싶다고?
선물은 필요치 않아
네 얼굴과 네 목소리와 너의 웃음이
나에겐 선물이야
너 자신이 나에겐
그 무엇과도 바꿀 수 없는
오직 하나뿐인 선물이야

네가 그걸 알기나 하는지 모르겠다.

엄마의
소원

아기가 자라면
엄마는 늙고

엄마는 늙어도
아기는 자라야 하고

엄마의 소원은
아기가 잘 자라는 것뿐⋯⋯.

아가야 이리 온
엄마가 손을 내밀면
부드러운 바람이 불고

조금만 더 한 발만 더
그러면 나뭇가지에 새잎이 나고
땅바닥에 새싹이 돋고

아가야 한 발만 더 가까이
가까이 오지 않을래 그러면
나뭇가지에 땅바닥에 꽃이 핀다고요

꽃이 아기였고 아기가
또 봄이었어요
아니에요 엄마가 봄이었어요.

아기를
재우려다

아기를 재우려고 엄마가 아기를 끼고 누우면
아기의 숨소리가 너무 고와서
아기의 숨결이 너무 향기로워서
엄마는 그만 아기보다 먼저 잠이 들고
아기는 잠든 엄마 곁에서
방글방글 웃고 있다.
엄마가 아기를 재우는 것인지,
아기가 엄마를 재우는 것인지…….

첫
선물

너는 너 자신 그대로
나에게 보석이고
아름다움

그 무엇으로도
대신할 수 없는
눈부심이며 어지러움

하늘 나라 별이
길을 잃고 잠시
내 앞으로 왔나 보다.

딸아이

너를 안으면
풀꽃 냄새가 난다

세상에 오직
하나 있는 꽃

아무도 이름
지어주지 않는 꽃

네게서는 나만 아는
풀꽃 냄새가 난다.

네가 아는지 모르겠다

예쁜 꽃을 보면
너의 얼굴이 떠오르고
흰 구름을 보면
너의 목소리 생각하는 나의
이 어지럼증

네가 아는지 모르겠다

선물가게 앞을 지날 때면
어김없이 발길이 멎고
기도 시간에도 너의 이름
제일 먼저 부르는
이 어리석음

하나님이 정말 아시는지 모르겠다.

꽃을 보면 아, 예쁜
꽃도 있구나!
발길 멈추어 바라본다
때로는 넋을 놓기도 한다

고운 새소리 들리면 어, 어디서
나는 소린가?
귀를 세우며 서 있는다
때로는 황홀하기까지 하다

하물며 네가
내 앞에 있음에야!

너는 그 어떤 세상의
꽃보다도 예쁜 꽃이다
너의 음성은 그 어떤 세상의
새소리보다도 고운 음악이다

너를 세상에 있게 한 신에게
감사하는 까닭이다.

그네가 흔들린다
바람이 앉아서
놀다 갔나 보다

꽃들이 웃고 있다
바람이 간지럼
먹이다 갔나 보다

자고 있는 아기도
웃고 있다
좋은 꿈 꾸고 있나 보다.

천둥처럼 왔던가?
사랑, 그것은
벼락 치듯 왔던가?

아니다 사랑, 그것은
이슬비처럼 왔고
한 마리 길고양이처럼 왔다
오고야 말았다

살금살금 다가와서는
내 마음의 윗목
가장 밝고 좋은 자리를
차지하고 말았다

그리하여 우리는
하나가 되었다
너는 내가 되었고
나는 네가 되었다.

하늘
붕어

몽실몽실 피어오르는 구름
아리잠직 그림 너머의 그림
고마워 고마워

둥글고도 깊고도 맑은
목소리 노랫소리
들려줘서 감사해

빠끔빠끔 작고도
붉은 입술 벌려
바람을 마시고 꽃을 마시고
풀과 나무와 산을 마시고

그래 강물 하나까지
들이마시고 두둥실
하늘 위에
하늘 붕어 되어 뜬다

좋다 나도 하늘 위에
하늘 붕어 되어 뜬다
오늘은 너 때문에
내가 너무 가볍다.

2

아가야,

고마워

네 생각만으로도
살아야겠다는
싱그런 결의가 생긴다

네 얼굴
네 목소리
네 이름만 떠올려도
세상은 반짝이는 세상이 되고
아름다운 세상이 된다

풀잎 하나하나
꽃송이 하나하나마다
겹쳐지는 너의 얼굴
떠오르는 너의 목소리

참 이건 아름다운 비밀이고
알 수 없는 요술
그러니 너에게 감사하지
않을 수 없어

날마다 날마다가 아니야
순간순간 감사하지
않을 수 없어.

내가 안다
네가 내 앞에서
가장 예쁜 얼굴을 하고
가장 예쁜 눈짓을
보여주고 있다는 것을

내가 안다
네가 나한테는
가장 고운 목소리로 말하고
가장 깨끗한 웃음소리를
들려주고 있다는 것을

그냥 여기 있어도
나는 물든다
물들고 만다
네 예쁜 얼굴에
예쁜 눈짓에

아주 멀리 있어도
나는 무너진다
무너지고 만다
네 고운 목소리에
깨끗한 웃음소리에

나 지금 타고 가는
기차
차창으로 보이는
산과 들과 강물과 하늘은
온통 너이다

더구나 소낙비 잠깐 그치고
거짓말처럼 하늘에 걸린 무지개
저건 분명 너이다
네가 보낸 소식이고
또 하나의 약속

물든다
물들고 만다
물들지 않을 수 없다
여름 들판 초록에 물들고
너한테 물든다.

날마다 마음의 빛
어디서 오나?
그 아이한테서 오지

날마다 삶의 기쁨
어디서 오나?
여전히 그 아이한테서 오지

그 아이 있어
다시금 반짝이고
싱그러운 세상

그 아이에게 감사해
날마다 빛을 주고
기쁨 주는 그 아이에게 감사해.

봄비가 씨앗의 문을 두드렸다

나야 나

이제 잠을 깰 때야

그래서 내가 하늘 나라에서 찾아왔어

바람이 씨앗의 몸을 매만져주었다

나야 나

이제 자라야 할 때야

그래서 내가 먼 나라에서 찾아왔어

새싹은

봄비와 바람의 말을 알아듣고

숨을 크게 쉬며 몸을 키워

풀이 되기도 하고 나무가 되기도 한다.

언제부턴지 모르게 너의 발을 만지고 싶었다
언제부턴지 모르게 너의 발을 만지고 있었다

　　거칠고 어두운 터널을 지나왔음에도 여전히
　　보드랍고 깨끗하고 말랑말랑하기만 한 너의 발

우리의 인사법은 나의 두 손으로 너의 발을
한쪽씩 정성스럽게 매만져주는 것

　　그래 수고했다 고생 많았지 이제 조금은
　　쉬어도 좋을 거야 멈춰도 좋을 거야

너의 발아래 피어나는 무수하게도 많은 꽃나무 꽃잎들
너의 발에 밟히면서도 여전히 일어서는 풀잎 풀잎들

그러므로 너의 발은 그 어떤 꽃나무보다도 어여쁜 꽃나무이고
그 어떤 풀잎보다도 보드랍고 싱싱한 풀잎

차라리 대지 바로 그것!
나의 소원을 이루게 해준 너의 발에게 감사한다.

예쁘지 않은 것을 예쁘게
보아주는 것이 사랑이다

좋지 않은 것을 좋게
생각해주는 것이 사랑이다

싫은 것도 잘 참아주면서
처음만 그런 것이 아니라

나중까지 아주 나중까지
그렇게 하는 것이 사랑이다.

반성

아가야 미안해
곱게 잠든 네 얼굴을 보면
엄마가 더 미안해

엄마가 왜 너에게
화를 내고 꾸중을
했는지 모르겠어

꿈나라에서라도
꾸중 듣지 말고
웃으며 뛰어놀아라

내일 아침 네가
잠에서 깨어나면
엄마가 더 잘해줄게.

아이스크림과
아기

아이스크림을 먹는
아 기

아끼느라고
손에 들고
쳐 다 만 보 다 가
쳐 다 만   보 다 가
아이스크림이
다 녹고 말았다

아기는 앙, 하고
울음보를 터뜨렸다.

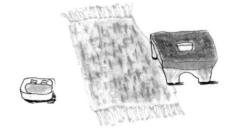

네가 있어 세상은
다시 한번 새 세상이고
날마다 하루하루는
또 새날이네

아니야 네가
안고 있는 아기가 있어
세상은 다시금
빛나는 세상인 거야

그렇지, 아기는
또 하나의 지구
또 하나의 우주
세상 모든 좋은 것들의 총합

둥글고도 부드럽게
싱그럽고도 아늑하게
고마워 고마워
너와 네 아기에게 고마워.

새 둥우리에
아기 새 두 마리
빠끔히 눈을 뜨고
바깥을 내다보고 있다

무슨 일이 있나?

바람이 불고
구름이 흐르고
방울꽃이 폈다

오늘도 세상엔 아무런 일도
일어나지 않았단다

방울꽃이 말을 할 때
엄마 새가 먹이를
물고 돌아왔다.

다섯

아가, 몇 살이야?
손가락 다섯 개를 활짝 펼치며
다섯 살!

다섯 개의 꽃이 피었구나
손가락 끝에 별이
하나씩 매달려
반짝이는구나

그 꽃을 보면서
그 별을 따라가면서
좋은 세상 잘 살아라.

생강나무 노랑꽃 피자
눈이 내렸다
내리더라도 흐벅지게 내렸다
생강 꽃 더욱 노랗다
꽃이 옹알이할 것만 같다.

어버이날

고마워요
그냥 엄마가 내 엄마인 것이
고마워요

고맙구나
그냥 네가 내 아들인 것이
고맙구나.

부모 마음이 다 그래
다른 사람 아이 아니고
내 아이기 때문에
안 그래야지 생각하면서도
생각과는 다르게 속이 상하고
말이 빠르게 나가고
끝내는 욱하는 마음

아이를 몰아세우고
아이를 나무라고
나중에 아이가 잠든 걸 보면
내가 왜 그랬을까
후회되는 마음

새근새근 곱게 잠든 모습 보면
더욱 측은한 마음
사람은 언제부터 그렇게
후회하는 마음으로 살았던가
측은한 마음으로 버텼던가

부모 마음이 다 그래
그래서 부모가 부모인 것이고
자식이 자식인 게지
그게 또 어길 수 없는
소중한 사랑이고
고귀한 약속이고 그럴 거야.

유리창 밖 산수유꽃
뽀지직뽀지직
샛노랑 팝콘
터지듯 피어나는 날

엄마와 이야기한다

봄이 왔나 보다
왜?
창밖에 고양이들이 안 보여
고양이들이 떠났나 봐

엄마는 봄이 온 것이
반갑기도 하고
섭섭하기도 한가 보다.

나는 나무이고 또
풀이기도 한가 보다

햇볕을 쪼이면 몸이
저절로 따스해지고

바람 속에 서면 마냥
나부끼고 싶어지고

비를 맞으면 마음도
조금씩 푸르러진다

나는 나무나 풀처럼
자라고 싶은가 보다

춤을 추고 싶고
꽃을 피우고 싶은가 보다

우리 모두 나무가 되자
풀이 되어 보기로 하자.

가을이
온다

구름 위에 카메라
놓았으면 좋겠어
너 보고 싶을 때마다
너의 모습 찰칵
찰칵 사진으로 찍어
나한테 전해주도록

바람 속에 녹음기
놓았으면 좋겠어
너 생각날 때마다
너의 숨소리 스륵
너의 콧노래 스르륵 담아
나한테 전해주도록

오늘은 또 구름 높고
바람까지 좋은 날
여름이 가려나 보다.

겨울
차창

너의 생각 가슴에 안으면
겨울도 봄이다
웃고 있는 너를 생각하면
겨울도 꽃이 핀다

어쩌면 좋으냐
이러한 거짓말
이러한 거짓말이 아직도
나에게 유효하고
좋기만 한 것

지금은 이른 아침
청주 가는 길
차창 가에 자욱한 겨울 안개
안개 뒤에 옷 벗은
겨울나무들

왜 오늘따라 겨울 안개와
겨울나무가 저토록 정답고
가슴 가까이 다가오는 것이냐.

3

너의 날들을 위한 기도

발견

눈을 떴을 때
거기 네가 있었다
그냥 별이었다
꽃이었다
반짝임 자체였다
그만 나는 무너지고 말았다
어둠이 되었다
나도 모를 일이다.

너
가다가

너 가다가
힘들거든 뒤를 보거라
조그만 내가
있을 것이다
너 가다가
다리 아프거든
뒤를 보거라
더 작아진 내가
있을 것이다
너 가다가
눈물 나거든
뒤를 보거라
조그만 점으로 내가
보일 것이다.

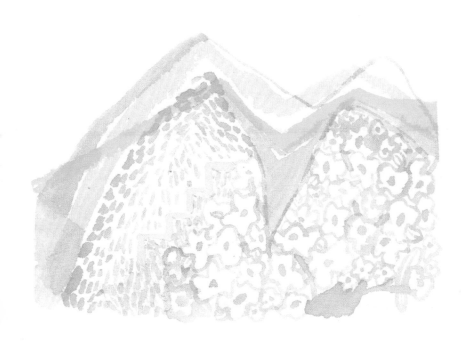

바다를
준다

가슴속 깊이 마셔지는
습하고도 후끈한 공기
내가 살아 있다는 느낌

코끝에 얹혀지는
조금은 삐딱한 비린내
내가 싱싱하다는 느낌

가끔은 시원한 푸른 바람
나에게도 날개가 있으면
얼마나 좋을까 그런 상상.

눈을
감는다

공주에서 서울은 북쪽
네가 사는 서울은 북쪽
북쪽을 바라보면
오로지 너의 생각

잘 있겠지
잘 있을 거야
어려서도 너는 아빠의 꿈
자라서도 너는 아빠의 자랑

말하지 않는 말까지
들어줄 줄 아는 아이
하나밖에 없는 딸
하나밖에 없는 영혼의 도반

잘 있겠지
잘 있을 거야
북쪽 하늘 보면서 나는
잠시 눈을 감는다.

나는 네가 더 예뻐지는 게 좋아
나는 네가 더 행복해지는 게 기뻐

나는 네가 더 예뻐지는 걸 보면서
행복해하는 사람

나는 네가 더 행복해지는 걸 보면서
따라서 기뻐하는 사람

이대로가 좋아
그냥 좋아.

새들이 보고 있어요
우리 둘이 어깨 비비고
걸어가는 것

꽃들이 웃고 있어요
우리 둘이 눈으로 말하고
이야기하고 있는 것.

다시 초보 엄마야
안녕!

새 아기에게 세상이
새롭게 눈을 뜬
세상이 새롭게
눈부시듯이

아기를 따라서
엄마의 세상도
새롭게 눈을 뜨고
새롭게 눈부신
세상이기를!

오늘만 그런 게 아니라
내일도 모레도
오래오래
그러하기를!

따스한
손

날씨 많이
추워졌다
네 손을 쥐여다오

머플러가 아니고
양말이 아니고
장갑이 아니다

바람까지
많이 쌀쌀해졌다
따스한 손을 좀 잡자

나에게는 이제
네 손이 머플러이고
양말이고 또 장갑이란다.

날마다 네 마음속

어린 낙타 한 마리를 깨워

길을 떠나라

아직은 어린 낙타이니

그의 등에 올라타지는 말고

옆에 서서 함께 걸어라

낙타가 걸으면 걷고

낙타가 쉬면 쉬고

낙타가 바라보는 곳을

따라서 바라볼 일이다

때로는 낙타가 뜯어먹는

낙타 풀도 먹어야 하겠지만

부디 입술이나 잇몸에서

피가 나지 않도록 조심해라

네 마음속 어린 낙타 한 마리가

너의 스승이며 이웃이며

처음이자 마지막

길동무임을 잊지 말아라.

소망

가을은 하늘을 우러러
보아야 하는 시절

거기 네가 있었음 좋겠다

맑은 웃음 머금은
네가 있었음 좋겠다.

오리
세 마리

어떻게 알고 찾아왔는지
산골 저수지에 오리 세 마리

저렇게 오리가 세 마리면
짝이 안 맞아 싸우지 않을까?

아니야, 아닐 거야
저 가운데 한 마리는 애기오리

엄마 아빠 사이에 끼어
세 마리가 더욱 정다울 거야.

아기를 내어드려요
아기 가운데서도 맑고 곱고
찰랑찰랑 어여쁜 아기들을
수없이 많이 보여드려요

요람 속에 싸여 있던 아기들이에요
바람의 요람, 얼음과 눈의 요람에
깊숙이 싸여 있던 아기들이에요

찬바람이 불 때부터 기다렸어요
눈이 내리고 얼음이 얼 때부터
가슴에 품었어요

아기가 오면서 새 세상이에요
새 세상 새 아기들 속에서 우리도
한 사람씩 새 사람이지요
이것이 봄을 기다린 길고 긴 까닭이에요.

너를
두고

세상에 와서
내가 하는 말 가운데서
가장 고운 말을
너에게 들려주고 싶다

세상에 와서
내가 가진 생각 가운데서
가장 예쁜 생각을
너에게 주고 싶다

세상에 와서
내가 할 수 있는 표정 가운데
가장 좋은 표정을
너에게 보이고 싶다

이것이 내가 너를
사랑하는 진정한 이유
나 스스로 네 앞에서 가장
좋은 사람이 되고 싶은 소망이다.

예쁜 다리 오금팽이
살짝 숨어 눈을 뜨고 있는 흉터
유치원 때 교통사고로
만들어진 흉터

볼 때마다 우리 아빠
마음 아프다 그래요
볼 때마다 우리 엄마
보조개 같아 귀엽다 그래요

그래그래
그 마음이 사랑이란다
이다음에도 네 흉터 예쁘다
귀엽다 안쓰럽다 보아주는 사람
만나서 살아라

네 마음의 흉터와 얼룩까지 감싸주고
아껴줄 줄 아는 사람이 정말로 너를
사랑하는 사람이란다.

비행기라도 밤 비행기
비행기 안에서 잠든 너
곤한 눈썹 내리감고
깊이 잠든 너

비행기 의자가 안아주고
비행기 날개가 안아주고
밤하늘의 공기
밤하늘의 별들까지 안아주어
곤하게 잠든 너

어찌 예쁜 그림이 아니었겠니!
그건 아직도 내 마음에
지워지지 않은 채
그대로 남아 있는 그림이란다.

아무리 힘들어도 오늘 하루
너 때문에 참는다
네 생각으로
하루를 견딘다

더운 날 덥다 덥다 그래도
네 생각 가슴에 담으면
더위가 가시고

추운 날 손이 시립고
볼이 시려워도
네 생각 가슴에 품으면
추위도 풀린다

오늘 하루도
네 생각으로 하루를 견딘다
하루가 아름답고 그림 같다
고 마 워.

딸기밭 비닐하우스 안에서
애기 울음소리 들린다
응애 응애 응애

애기는 보이지 않고
새빨갛게 익은 딸기들만
따스한 햇볕에
배꼽을 내놓고 놀고 있다

응애 응애 응애
애기 울음소리
다시 들리기 시작한다.

달밤

휘어진 꽃가지

달님이 내려와

열매가 되었네.

멀리서 보면 때로 세상은

조그맣고 사랑스럽다

따뜻하기까지 하다

나는 손을 들어

세상의 머리를 쓰다듬어준다

자다가 깨어난 아이처럼

세상은 배시시 눈을 뜨고

나를 향해 웃음 지어 보인다

세상도 눈이 부신가 보다.

기도

다만

      공손히 고개 숙인 이마

다만

      곱게 내려 감은 눈썹

다만

      아멘으로 답하는 입술

예쁘다
다만 예쁘다.

예쁘구나
쳐다봤더니
빙긋 웃는다

귀엽구나
생각했더니
꾸벅 인사한다

하나님 보여주시는
그 나라가
따로 없다.

눈물 나리
하늘의 별 하나 밤을 새워
나를 보고 반짝인다
생각해봐

눈물 나리
어딘가 나 한 사람 위해
누군가 울고 있다
생각해봐

처음부터 기도는
거기에 있었다.

꽃기린

꽃기린이 꽃을 피웠다
조그만 아주 조그만 화분에 담겨
아주 조그맣게 자란 꽃기린
꽃을 피우면서 꽃기린은
엄마 꽃기린을 생각했다
오래전 꽃기린이
엄마 꽃기린을 떠나올 때
엄마의 말이 떠올랐기 때문이다
애기야 너는
가시나무가 아니란다
예쁜 꽃을 피우는 꽃나무란다
부디 그걸 잊지 말아라
꽃기린은 조그만 화분에 담겨
아주 답답하게 자라면서도
엄마의 말을 잊지 않았다

그래, 나는 가시나무가 아니야
꽃나무야 엄마가 그랬어
꽃기린이 처음으로 꽃을 피우던 날
엄마 꽃기린도 애기 꽃기린을 생각했다
아, 보고 싶다 우리 애기
얼마나 자랐을까?
그러다가 그만 엄마 꽃기린도
꽃을 피우고 말았다
붉고 둥근 꽃이다
멀리 아주 멀리
애기 꽃기린도 꽃을 피우면서
엄마 꽃기린을 생각했다
엄마가 보고 싶다
엄마도 잘 지내시지요?
나도 잘 지내고 있어요
두 나무 꽃기린의 꽃이 더욱 붉어졌다.

4

아가랑
구름이랑
꽃들이랑

구름아, 나하고 이야기하자
어디를 갔었는지 무엇을 보았는지
무척 많이 듣고 싶단다

풀들아, 꽃들아
늬들도 나하고 이야기하자
늬들한테도 들을 얘기가 아주 많단다

아침에 어떤 새들이 지절거렸는지
점심때 바람이 무어라 속삭였는지
나는 너희들이 무척이나 부러울 때가 있단다.

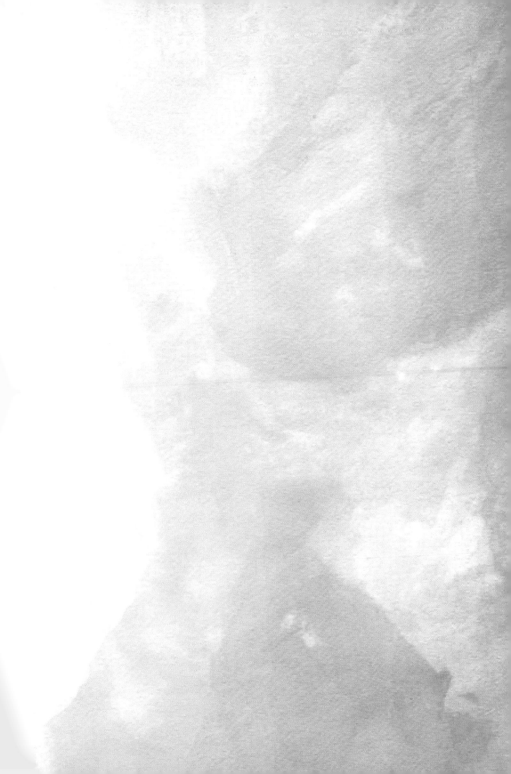

서로가
꽃

내가 사랑하므로
네가 꽃이고
네가 생각하므로
나도 꽃이다

오늘 이렇게 우리는
서로가 꽃이고
서로가 잎,
나무줄기여서 좋다.

너는 비둘기를 사랑하고
초롱꽃을 사랑하고
너는 애기를 사랑하고
또 시냇물 소리와 산들바람과
흰 구름까지를 사랑한다

그러한 너를 내가 사랑하므로
나는 저절로
비둘기를 사랑하고
초롱꽃, 애기, 시냇물 소리,
산들바람, 흰 구름까지를 또
사랑하는 사람이 된다.

옥수수나무

양달개비 도깨비불
파란 꽃 핀 돌담장 길

옥수수나무야 까꿍
옥수수가 익어서 까꿍

대추나무 대추꽃 일고
감나무 감꼬투리 일고

옥수수나무야 까꿍
애기 하나 업고 까꿍.

우리 아기 새로 나는 이빨은

서투른 농부가 심어놓은 논바닥의 허튼모

누가 허튼모 심어주더나?

하느님이 허튼모 심어주셨지

우리 아기 새로이 나는 이빨은
씽글씽글 못생긴 옥수수 알

누가 옥수수 알 심어주더나?
하느님이 옥수수 알 심어주셨지.

나무한테 찡그린 얼굴로 인사하지 마세요
나무한테 화난 목소리로 말을 걸지 마세요
나무는 꾸중 들을 일을 하나도 하지 않았답니다
나무는 화낼 만한 일을 조금도 하지 않았답니다

나무네 가족의 가훈은 〈정직과 실천〉입니다
그리고 〈기다림〉이기도 합니다
봄이 되면 어김없이 싹을 내밀고 꽃을 피우고
열매 맺어 가을을 맞고
겨울이면 옷을 벗어버린 채 서서 봄을 기다릴 따름이지요

나무의 집은 하늘이고 땅이에요
그건 나무의 어머니 어머니, 어머니 때부터 기인 역사이지요
그 무엇도 욕심껏 가지는 일이 없고 모아두는 일도 없답니다
있는 것만큼 고마워하고 받은 만큼 덜어낼 줄 안답니다

나무한테 속상한 얼굴을 보여주지 마세요
나무한테 어두운 목소리로 투정하지 마세요
그건 나무한테 하는 예의가 아니랍니다.

팔 랑 팔 랑
노랑나비 한 마리
춤을 추며
날아갑니다

살 랑 살 랑
노랑 팬지꽃 한 송이
노래하며
걸어갑니다

우리 집 딸아이
노랑 우산 받쳐 들고 가는
아침 학교 길

옷 벗고 추운 봄날
비 오는 아침.

쓰르라미

가는 여름을
보내기 아쉬워선가
젖 떨어진 아이
젖 달라 보채듯
악을 쓰며 우는
늦여름
쓰 르 라 미
소 리.

식탁 위에 과일들
바구니에 옹기종기
모여 있는 과일들
우리 집 가족들 같다.

장미 한 송이 꺾어 지구의 머리 위에 얹어본다
지구가 빙그레 웃음 짓는다

패랭이꽃 한 송이 꺾어 너의 머리칼에 꽂아본다
너도 배시시 웃음 짓는다

검은 구름과 거센 바람이 산맥과 강물을
소리 내며 밟고 지나간다

우두두두
올해도 이렇게 여름이 찾아왔다.

꽃들아
안녕

꽃들에게 인사할 때
꽃들아   안녕!

전체 꽃들에게
한꺼번에 인사를
해서는 안 된다

꽃송이 하나하나에게
눈을 맞추며
꽃들아   안녕!   안녕!

그렇게 인사함이
백번 옳다.

흰 구름아 반갑다
작년 이맘때
헤어진 사람
다시 만난 듯
새하얀 얼굴
새하얀 미소
다시 본 듯 반갑다

흰 구름 보면
누군지도 모르고
그리운 마음
누군지도 모르고
보고픈 마음
올해도 이렇게
여름이 간다

흰 구름 속에
붉은 꽃 백일홍꽃
보라 꽃 봉숭아꽃
어울려 여름이 간다
그리운 사람
그리운 생각도
따라서 간다.

지지배배
지지배배

윤이는 오빠
민애는 동생

윤이네 집에 집을 짓자
민애네 집에 집을 짓자.

어, 여기 벌새가 있네

날갯짓을 멈추지 않고 헬기처럼
공중에 떠서 꿀을 빠는 새
세상에서 가장 몸집이 작은 새
날개를 파닥일 때 내는 소리가
사람의 콧노래 소리를 닮아 허밍버드,
그러나 그것은 꼬리박각시나방

그러면 그렇겠지, 그럴 줄 알았어.

세상의 날들이

곳간에 다락같이 쌓아놓은

곡식의 낱알 같은 것이 아니라

하루나 이틀이면 족하지

무엇을 더 바라겠는가?

하늘을 바라보고 눈물 글썽일 때

발밑에 민들레꽃

해맑은 얼굴을 들어 노랗게

웃어주었다.

이 봄의
일

날씨 풀리고 따뜻해지니
귓속이 간지럽고
볼따구니가 근질거린다
묵은 나무둥치에 꽃이 피고 새잎 돋듯
내 몸뚱어리에서도 꽃이 피고
새잎이 돋을라나!

코끝이 매캐해진다
새로 오는 봄에는 부디 거짓말을
될수록 하지 말아야지
쓰레기를 덜 남겨야지

어디선 듯 누군가 바라보며
웃고 있을 것만 같다.

아빠는 일터에 나가고
혼자서 아기 키우는 엄마

아기를 재워놓고
기저귀 빨려고
들 샘에 나가서는
아기 혼자 깨어 우는 소리
귀에 쟁쟁 못이 박혀서
갖추갖추 빨랫감 헹궈 가지고
지구를 한 바퀴 돌아오듯
바쁘게 돌아옵니다

마늘밭 지나 보리밭 지나
교회 앞마당을 질러옵니다.

어느 먼 곳에서
내 이름 부르는
소리

솔바람 소린가 하면
바닷소리이고
바닷소린가 하면
아, 어머니

해 저물어
젊으신 어머니
어린 나 부르는
소리.

참새

참새야
내 손바닥에 앉아다오

네가 바란다면
내 손바닥은 잔디밭

네가 바란다면
내 손가락은 마른 나뭇가지

참말로 네가 바란다면
내 입술은 꽃잎. 잘 익은 까치밥

참새야
내 머리 위에 앉아다오

네가 바란다면
내 머리칼은 겨울 수풀, 아무도 모르는.

아빠, 고드름이 많이 열리는 집이
행복이 많이 찾아오는 집이라면서?
그럼, 그럼,
우리 집이야말로 행복이
많이 찾아오는 집이고말고
봄이 와도 고드름이
쉽게 녹지 않는 우리 집
그늘진 산 아래 마을
고드름 부자 우리 집.

바람은 보이지 않는 손
그리고 보이지 않는 팔뚝

나뭇잎을 바람이 흔들어줄 때
거기 바람의 예쁜 손이 있음을 안다

나뭇가지에 바람이 스쳐갈 때
거기 바람의 싱싱한 팔뚝이 있음을 본다

바람아 나를 흔들어다오
나도 예쁜 나뭇잎처럼
예쁜 하나의 손이 되고 싶다

바람아 나를 스쳐가 다오
나도 푸르른 나뭇가지처럼
싱싱한 하나의 팔뚝이 되고 싶다.

바람
나무와 풀들이 숨을 쉬고 있어요

　바람
지구가 숨을 쉬고 있어요

　바람
우주가 숨을 쉬고 있구요,

　바람
아, 나도 숨을 쉬기 시작했어요.

하루 세상
구경 다 했다고
너울너울
나뭇잎새 사이
손을 흔들며
집 찾아가는 아기 해님

달이 뜨면 무서워
별이 뜨면 무서워
얘들아 내일 다시 만나
재밌게 놀자,
엄마가 찾으러 오기 전에
산 넘어가는 아기 해님.

자장가

나비나비
고운나비
나래접고
단잠자라

꿈속에서
사랑보고
꿈깨어서
새날살자.

아가랑 사랑 엄마랑
Poems for Mom and Baby

지은이 나태주
펴낸곳 주식회사 홍성사
펴낸이 정애주
국효숙 김의연 김준표 박혜란 손상범
송민규 오민택 임영주 차길환

2023. 4. 20. 초판 1쇄 인쇄   2023. 5. 4. 초판 1쇄 발행

등록번호 제1-499호 1977. 8. 1
주소 (04084) 서울시 마포구 양화진4길 3   전화 02) 333-5161   팩스 02) 333-5165
홈페이지 hongsungsa.com   이메일 hsbooks@hongsungsa.com   페이스북 facebook.com/hongsungsa
양화진책방 02) 333-5161

• 잘못된 책은 바꿔 드립니다. • 책값은 뒤표지에 있습니다.

ISBN 978-89-365-1541-6 (03810)